KB055916

엄마 된 날

엄마 된 날

펴 낸 날 2022년 7월 4일

지 은 이   민자
펴 낸 이   이기성
편집팀장   이윤숙
기획편집   이지희, 윤가영, 서해주
표지디자인 이지희
책임마케팅 강보현, 김성욱
펴 낸 곳   도서출판 생각나눔
출판등록   제 2018-000288호
주   소   서울 잔다리로7안길 22, 태성빌딩 3층
전   화   02-325-5100
팩   스   02-325-5101
홈페이지   www.생각나눔.kr
이 메 일   bookmain@think-book.com

• 책값은 표지 뒷면에 표기되어 있습니다.
  ISBN   979-11-7048-109-6 (03810)

Copyright ⓒ 2022 by 민자 All rights reserved.
· 이 책은 저작권법에 따라 보호받는 저작물이므로 무단전재와 복제를 금지합니다.
· 잘못된 책은 구입하신 곳에서 바꾸어 드립니다.

시를 쓰며 설렘을 불러본다

엄마 된 날

민자 시집

생각나눔

시인의 말

   삶이 시가 된다는 새로운 경험을 하면서 노년의 삶이 제법 재미를 느끼며 살고 있습니다. 평생을 산부인과 의사로 자기 자신과 일에 엄격했던 남편과 산다는 것은 기쁨이며 행복했지만, 여인으로서는 외롭기도 했고, 강한 아내이자 엄마로 살게 했습니다. 그렇게 긴 여정을 참고 살아냈기에 지금이 있습니다. 점점 아이가 되어가는 남편을 돌보며, 시를 쓰고, 소소한 일상을 감사하며 사는 지금이 행복합니다.

   2021년 아람누리도서관에서 처음 시를 쓰는 저를 칭찬하고 용기 주신 이영주 시인에게 감사드립니다. 추천의 글을 써주신 송재운 교수님과 시집이 나오기까지 도움 주신 양경화 님께 감사드립니다. 한 사람의 일생이 곧 한 편의 소설이고, 시라는 것을 느끼게 해준 우리 가족과 모든 분께 감사드립니다. 고맙습니다. 사랑합니다.

저자 민자

2부 | 빛으로 왔다가 빛으로 가다

1부

엄마 된 날

시집가는 날

내가 시집을 간다네

아직 잘 알지 못하는 남자를 따라

시집을 간다네

상투 트신 할아버지 나를 보고 우시네

엄마 없이 동생들과 고생했다고

맏딸이 잘 살아야 동생도 잘 산다고 하니

잘해야지 잘해야지 다짐하며

시집을 간다네

엄마 된 날

한겨울 한밤중에 엄마가 되었다

아침에 창문 너머 흰 눈이 쌓여

아름다운 풍경이다

아이를 만들어 이 세상에 내놓기가

이리 힘들고 어려울 줄이야

기쁨보다 낯설고 두려운 마음

내가 잘할 수 있을까?

엄마 된 것이 실감이 안 나는데

내가 엄마라네

아들

착하기만 한 아들

아버지 기대에 못 미쳐

항상 주눅 들어 산 아들

보기만 해도 안쓰러운 그 모습

뉴욕 공항에서 갑자기 터진 울음

아버지한테 인정받지 못해

비뚤어지는 주인공의 영화를 보며

그 마음이 얼마나 아플까 생각하니

더욱 가슴이 아프다

결혼 50주년

중매로 만나 9월에 약혼하고 다음 해

3월에 결혼을 해 50년

많이 참고 잘 견딘 거야

힘들 때면 중매로 해 이리 힘든가?

연애로 한 사람들은 좋겠다 생각했다

선보았다는 소식에 동료가 병원에 찾아가

자기가 결혼할 거라 했다는데

나는 집안에서 좋다는 데로 갈 거라 하니

무슨 19세기 여자냐고 말하네

별거 아니니 신경 쓸 거 없다 하고

어렵게 만나서 별로 싫지 않아

날을 잡고 결혼을 해 제주도로 신혼여행을 갔다

처음 타는 비행기 기분은 좋았다

그렇게 시작된 결혼생활

모든 게 바뀐 환경 심한 입덧 참 어렵다

한 번도 따지거나 대들어보지도 못하니

싸움도 못 하고

참고 산 세월 그 누가 알랴?

이제 남편이 민자와 결혼한 것이

자기가 제일 잘한 일이라는 말에

그동안의 설움이 녹아내리네

49세

여섯 자식 두고 하늘 가신 엄마

백세시대에 무엇이 급해

그리 가셨을까?

그 세월 살아보니 이제야

그 마음 헤아리게 되네

동생들 거두며 정신없이 산 세월

내 나이 사십구 세에

나도 가도 괜찮아

엄마도 그 나이에 가셨는데….

마음을 비우니

한결 가볍게 살아지네

나는 누구일까?

민 교장 딸, 아내, 며느리, 엄마

할머니, 권사, 고양 시민합창단원,

시 다듬이 회원

여러 모습으로 살아왔지만

가장 나다운 모습은 모르겠다

세월 따라 여기까지 왔다

그동안 애썼다고 나를 위로하고 싶다

소망을 가지고 의미 있는 일(삶)을

하고 가야 그나마 위안이 되겠지

세상에 나온 보람을 찾고

괜찮은 삶을 살고 갔다고….

*나의 소망

 · 장학금 1억 만들기

 · 플로리다 삼촌네 가기

 · 시집 내기

다이아 귀걸이

스키선수를 한 조카의 결혼식을 알펜루트에서 하고

버스를 대절해 형제들이 여행을 떠났다

이곳저곳 들러 관광하고 영덕에서 게 먹고

저녁은 거제 몽돌해수욕장 앞 횟집에서 먹고 숙소에 왔다

미국에서 딸을 시집보낸다고

동생댁이 큰 다이아 귀걸이를 하고 왔는데

귀걸이 한 짝이 없다고

밤새워 찾으니 기사 아저씨가

왜 그러냐고, 이야기를 듣더니

식당에 가서 두리번거리니

왜 그러냐는 식당 아줌마의 말에

별건 아닌데

어제 손님이 귀걸이를 잃었다

해서 그런다고 하니

이거냐며 내 주신다

만약 그것이 진짜 다이아라는 것을

알았다면 쉽게 찾지 못했을 것이다

기사 아저씨의 기지로 찾게 되어

너무나 고마웠다

무슨 일에나 지혜가 필요한 것이다

교복

중학교에 입학을 했어요

넉넉하진 않지만 내게 교복도

못 해줄 만큼 어렵진 않았을 텐데

왜 내게 교복을 안 해주고

검은 치마에 검은 세타로 입학하게 하셨어요?

교장 딸이라는 것도 힘든데

다른 사람과 다르게 입고

전교생이 운동장에 모였을 때

참으로 창피하고 난감했어요

전 그리 당당하고 힘찬 아이가 아니고

여리고 수줍음 많은 아이랍니다

소심한 아이

부끄러움 많고 남 앞에 나서는

것을 두려워한 아이

서울 간 아버지 여름 파나마모자를

사 가지고 오셔 학교 갈 때

쓰고 가라 하셨는데

시골에 이런 모자를 쓴 아이는 없었다

얼마나 싫었는지 지금도 기억난다

실패가 두려워 시작하지도 못한

많은 일들, 그중에 연애도 있다

지금 생각하면 왜 그랬을까?

실패를 통해 많은 것을 배운다는 것을

이제야 알았으니

나의 사랑, 나의 할머니

내가 즐겨보는 프로그램 중

인간극장이 있다

요양원에 계신 할머니를

집으로 모셔다 놓고 손자와 손녀가

돌보는 눈물 나게 하는 감동적인 이야기다

어려서부터 길러 주신 할머니께

어찌 그리 잘하는지

젊어서는 큰 나무였지만 지금은

돌봄이 필요한 아이가 되었으니

세월은 어쩔 수 없나 보다

휠체어에 모시고 다니며

맛있는 거 먹고 산책하고 사진 찍어

추억을 만들어 보기 좋다

부모님 건강할 때 그런 추억

못 만든 나는 후회하지만

기다려 주지 않는다는 그 말이

어찌 그리 맞는 말인지….

할아버지 닮은 손자

수학 좋아하고 잔소리 싫어하고

설렁탕에 파 안 넣어 먹는 식성까지

닮은 손자 참 희한하다

이과 쪽은 남편 딸 손자

문과 쪽은 나 아들 손녀

유전자는 속일 수 없네

남편은 볼펜 하나라도

꼭 찾아야 하는 성격이지만

나는 어디 있겠지 하며 찾지 않는다

철 지난 옷에서 돈이 나올 때

기분이 좋다

이런 내 성격이 좋다

자랑스러운 내 딸

공부해라 일어나라 잔소리 한 번

안 하고 키운 딸

예쁘고 공부 잘한 네가

남자도 네가 골라

좋은 가정 이루고 사네

손녀도 공부 잘해 어미를 닮아

잘하나 보다 말하니

엄마가 머리가 좋다는 말이냐고

되묻는 말에 그래 나도 공부 잘했어.

하며 웃었네

낳지 말라는 말 무시하고

너를 낳아 노심초사 길렀지만 자랑스럽네

지혜로운 내 딸

엄마

고명딸로 자라 착하기만 한 엄마

큰소리로 야단 한 번 안 치시고

언제나 자애롭던 엄마

서울 간 오빠를 기다리며

맛있는 것도 참아야 했지요

성질 급한 아버지께 대꾸 한 번

안 하고 순하기만 한 엄마를 보며

자란 나는 부부싸움 기술을 못 배워

지금도 참고 산답니다

그래도 보고 싶고 그리운 엄마

하늘 가신 엄마

막내가 10살

네 자매와 남동생은

엄마 없는 세상을 어찌 살지….

고모가 와서 하염없이 우는데

남의 일인 양 넋이 나갔습니다

좋은 세상 보지 못하고

고생만 하고 가신 엄마

산 사람은 또 살아집니다

그곳에서 편히 쉬세요

손녀

2008년 4월 4일

손녀 생일이다

이름을 철학관 하는 친구에게

부탁하여 銑宇로 지었다

청명에 좋은 날 좋은 때에 태어난 아이

무엇이나 긍정적이고 밥 잘 먹는 아이

앞으로 하고 싶은 것

마음껏 펼치렴

네 꿈을 응원한다

사랑하는 나의 손녀

시누이

한 분뿐인 형님

누나와 남편을 두고

하늘 가신 시어머니

한 살 때 엄마를 잃고

유모와 계모 밑에서 자라

유별나게 우리를 사랑하신 형님

참으로 고맙습니다

계모이신 시어머니도 우리에게

잘하셨지만 눈에 띄게 잘해주어

동서들 보기 민망할 때도 있었어요

88세 되신 형님을 보며

피는 물보다 진하다는 것을

새삼 느꼈답니다

건강하시고 행복하세요

주님 주신 며느리

무얼 달라는 기도는 하지 않는데

신앙 있는 아가씨 며느리로 맞게

해 달라는 기도는 했다

정말 우리 교회 유치부교사를

며느리로 맞게 되었으니 너무 감사하다

아들딸 낳고 오순도순 살며

교회 열심히 다니는 며느리

아이들 어렸을 때 한 번도 안 빠지고

교회를 데리고 다닌 너를 보며

하나님이 참 예뻐하시겠다 싶었다

이제 나의 기도는 아브라함의 축복이

이 가정에 임해 자손만대로

하나님 믿는 귀한 가정들 되게

해 달라는 기도만 한다

미국에서 온 남동생

이십 대에 미국으로 가서

고생하며 딸 둘을 잘 키우고

열심히 살던 남동생이

칠십에 한국으로 나왔다

부부가 힘들게 이룬 가게며

모든 것을 두고 한국에서 노후를 보낸다니….

대화에 오피스텔을 얻어 혼자 있다

양봉을 하겠다는 희망을 품고

여기저기 알아보고 있으니

잘되기만 바란다

아무것도 안 하고 넋 놓고 있으면

더 보기 힘들 텐데

무어라도 해야 시간도 가고 마음도 정리되겠지

가슴 아픈 동생이다

파리 여행

남편, 나, 동생 셋이서 독일 여행사를 따라 파리로 여행을 갔다.

자유여행이라 오고 가는 것과 숙소만 정해주고 가버렸다.

우리끼리 자유롭게 다니느라 말도 안 되지 참 난감하다.

숙소는 여관 비슷하여 엘리베이터도 내가 문을 여닫아야 하는 구식이다.

첫날은 개선문에서 샹젤리제 거리까지 걸어가서 동생이 루이비통 가방을 산다고 하여 가보니 줄이 얼마나 긴지 모두 동양 여자들이다.

결국, 사지 못하고 택시를 타고 숙소로 오는데 로터리에 사자상이 많은 거리라 하니

한참을 헤매고 간신히 왔다. 다음 날은 독일 할머니와 딸을 따라 몽마르트르 언덕을 왔다. 시간 여유가 있으니 화가들도 보고, 한국 가이드가 있는 여행객 뒤를 따라가며 설명도 들었다. 3

일째는 베르사유 궁전을 가기로 하고 지하철을 탔는데 「베사메 무초」 노래가 나오니 동생이 한국 노래 나온다고 하여 웃었다. 소매치기도 당할 뻔하고, 우리나라 지하철과 비교하면 구식이다. 후원에 앉아 드넓은 정원을 구경하고 화려하게 잘 지은 궁전이 지만 화장실이 없었다니 얼마나 불편했을까? 나무는 두부 자르 듯 가꾸느라 힘이 많이 들듯, 자연을 사랑하는 우리의 정서에는 우리의 정원이 얼마나 소박하고 멋스러운지 느꼈다. 또 물을 사 먹어야 하는 것이 도무지 이해가 안 됐다. 그때는 지금처럼 생수 를 사 먹지 않을 때라 더욱 그랬다. 화장실을 갈 때도 돈을 내야 하니 어디나 지키는 아줌마가 있어 공짜는 없다. 이들의 월급도 주어야 하는데 그냥 공짜가 낫지 않을까? 우리나라 좋은 나라이 다. 깨끗하게 잘 가꾸어진 공중화장실이 곳곳에 있으니 유럽인 들이 우리의 공중화장실을 보고 좋은 인상을 받는 것이니 관리 하는 모든 분께 감사하다.

독일 남자

　사촌 동생이 독일 남자와 결혼을 해서 큰마음 먹고 남편과 나, 사촌 동생과 딸이 독일로 여행을 갔다. 암스테르담에서 비행기를 갈아타고 독일 서북쪽 작은 도시 메펜으로 갔더니 좀 큰 차를 빌려 우리를 마중 나왔다. 참 소박하고 알뜰히 산다. 정원에 꽃도 많이 심고 한쪽에 명자 하우스를 직접 지어 그곳에서 커피 마시고 햇볕만 나면 마당에서 일광욕한다. 지하에 바를 만들어 우리가 가져간 소주, 와인을 마시며 노래하고 춤추며 놀았다.

　한국 음식을 좋아하는 독일 남자.

　김치, 라면, 김 무엇이나 잘 먹고 유쾌한 남자.

　동양 여자와 결혼할 운명이었다는 생각이 든다. 독일 아들 셋을 잘 길러 모두 장가보내고, 동생은 아이도 낳지 않았다. 또 발 관리사 자격증을 따 미장원만 하게 가게를 차려 독일 여자들 발 관리를 해주니 참 부지런히 산 세월이다.

며칠 후 독일여행사를 따라 북쪽 땅끝마을로 여행을 갔다.

버스 한 대에 모두 독일 사람

우리는 버스 뒤쪽에 자리 잡고 깔깔대며 즐거운 여행을 했다.

덴마크에서 유람선에 버스를 싣고 북구 놀웨이 스웨덴을 거쳐
땅끝마을까지 가보았다. 산타할아버지의 고향도 갔다. 독일사람
들과 여행하며 많은 것을 느꼈다. 독일 남자에게 시집간 동생 덕
에 좋은 경험을 했다.

저수지

저수지 옆 외딴집 하나

아버지는 둑을 걸으며 우리 이름을

목청껏 부르며 오신다

겨울이면 꽁꽁 언 저수지를

돌로 깨어 빨래하고

여름이면 시원하게 물장구치며 놀던 곳

어느 날 발을 헛디뎌 깊은 곳에 빠져

허우적대며 죽을지도 모른다는 두려움

얼마나 무서웠는지

간신히 누가 꺼내주어 살았다

그 후 물에 대한 공포증으로

수영도 못 배웠다

각자 삽시다

내 생애 처음으로 반기를 들고

한 소리 각자 삽시다

서로의 人生에 너무 집착하지 말고

독립된 개체로 살고 싶다는 말

그러나 그 뜻이 제대로 전해지지 않아

밥도 안 먹고 삐쳐서

각자 살자며 말끝마다 하는 소리에

할 말이 없다

어떤 게 잘사는 것일까?

나도 내 마음 가는 대로

하고 싶은 것 하면서 살 수는 없는 것인가?

참으로 난감하고 답을 모르겠다

막내의 산후조리

10살에 엄마 없이 자라 학교도

참 많이 옮겨 다니며

그래도 끝까지 공부하여 대학에 강의까지 했다

응용미술을 전공하여 상도 받은 동생이다

신랑 따라 영국 가서 늦게 귀국하여

결혼했다

그 해 첫 딸을 낳았는데

추석 전날 아기 낳으러 우리 병원에 왔는데

나는 시집으로 차례 지내러 가야 하니

그래도 남편이 잘 받아

아기 낳고 퇴원을 하는데

시어머니 친정어머니 아무도 와 주지 않으니

참 속상하다

관산동에 집을 구해 제부가

이것저것 준비하여 산모가 가니

9월인데 춥고 얼마나 서러운지

미역국 끓여 놓고 둘이 산후조리를 했다

참 두 어머니 너무 하신다

그 딸이 지금은 이대목동병원에서

수련하고 치과 의사가 됐다

둘째 딸은 실용음악을 전공하여

뮤지컬 음악감독으로 이름을 날리니

참으로 대견하다

힘들게 시작했지만 두 딸을

훌륭히 키운 동생이 자랑스럽다

다낭

결혼 50주년 기념으로

아들네 식구와 여행을 갔다

웬 여행객이 이리 많은지 날씨는 덥지만

즐거운 시간을 보냈다

음식도 맛있고

오랜만에 손자 손녀와 같이 있으니 참 좋다

3박 5일 여행을 마치고 밤 비행기로

인천공항에 컴컴한 새벽에 도착하여

콜밴을 타고 집에 와서 집 열쇠를 찾으니

가방을 아무리 찾아도 없다

눈앞이 캄캄 이 새벽에 열쇠쟁이를 부를 수도 없고

백석동 사는 아들네로 가자니 며느리 눈치 보이고

이 무슨 망신이람 참 답답하네

그런데 다행히도 며느리가 우리 집 열쇠를

가지고 있어 무사히 집에 들어오니 맥이 다 풀린다

하나님 감사합니다

무사히 여행 마치고 집에도 들어오게 하시니

감사기도가 절로 나온다

열쇠는 잘 둔다고 화장품 케이스에 옮겨

놓은 것이 잘못이었다

이제는 잘 두면 찾을 수 없으니

대강 두고 살기로 했다

오이지

여름만 되면 오이지를 담근다

시원하고 짭짤하고 개운한 오이지

입덧할 때도 오이지와 오이냉국으로

살았으니 고마운 음식

동생이 친구들과 놀러 갈 때

오이지를 가져가니 대구 친구가

참 가난하여 양념도 못 하는 줄

알았다니 그 맛을 모르고 한 말

미국으로 형제들이 모이는 정말 힘든

여행을 떠나는데 오이지를 맛있게

무쳐 큰 여행 가방에 넣었다

아차 비밀번호가 생각나지 않으니

이를 어쩐다냐?

비행기 안에서 걱정이 태산

지루한 줄 모르고 샌프란시스코

공항에 내렸다

솜씨 좋은 제부가 열어주니

하늘을 날 것 같다

방금 하늘을 날아왔지만

기쁨이 없으니 무슨 소용이람

이번 여행은 즐거운 여행이 될 것이다

1976. 9. 11. ~ 1999. 4. 19.

허산부인과 개업하고 폐업한 기간이다

한 사람의 일생 중 29년을

배우는 데 쓰고 27년을

일하는 데 썼다

힘들게 의사가 되기까지 공부하고

더 힘들게 산부인과 의사로 살았다

365일 하루도 쉬는 날 없이 밤과 낮도

없이 산모를 도와 아기를 받았다

휴가 한번 가보지 못하고

참 열심히 살았다

그 시절에는 참 아이도 많이 태어나고

또 임신한 아이를 지우려는 사람도 많았다

나라에서 둘만 낳아 잘 기르자

‘무턱대고 낳다 보면 거지꼴을 못 면한다’

이런 캠페인이 있었으니

예비군 훈련 중 정관 수술을

무료로 하여 고만 낳으라 하였으니

세월이 무상하다

지금은 너무 안 낳아 인구가

준다고 하니 격세지감이 있다

생일

9월이면 두 번의 생일을 맞는다

나는 양력으로 27일

남편은 음력으로 8월 7일

열흘 내외로 해마다 다르지만

결혼 10주년에 같은 날 생일이 되니

참 인연은 인연인가 보다

부부로 만나 이제껏 별 탈 없이

살았으니 감사하며 고맙게 생각한다

결혼은 참 잘하였다는 말에 두 번만

잘했다가는 사람 잡겠다고

젊어서는 생각했는데

이제 와 보니 착실하고 빈틈없는

확실한 성격으로 인해 힘들 때도 있지만

참 감사하게 생각한다

요세미티

육 남매 모두 모여 단합 대회를 하기로 했다

한국에서 4명, 미국 코네티컷, 로스앤젤레스, 마이애미

조카들까지 모두 모이니 30명이다

참 어려운 결정을 해 참석했다

요세미티의 별장을 만 불에 렌트하니

4층에 침실이 6개, 거실 식당에

조를 짜서 식사 준비하고

여행 일정도 조카들이 주축이 되어 하니

우리는 이미 한물간 노인이다

지금 생각하면 너무 잘했다

밤이면 와인 한잔하며

부모님 이야기, 자랄 때 이야기하며

시간 가는 줄 모르고 즐거운 시간을 보냈다

아쉬운 것은 부모님 모시고

이런 여행 한 번 못하고 하늘 가신 것이

참으로 안타깝다

예전에는 우리나라도 먹고살기 바빠

여행을 꿈도 못 꾸고 살았으니….

프랑스 사람들이 여름휴가를 가기 위해

열심히 일하는 것이 이해가 안 되었으니 말이다

지금 이런 세상을 만난 것이 너무 감사하다

2018년을 영원히 기억할 것이다

일생 중 즐거웠던 일로

내가 산 소나타

뉴욕 공항에서 터진 울음에

많이 당황한 남편

무슨 생각인지 크리스마스 선물로

내 생전 처음 삼천만 원을 받았다

이 돈으로 무엇을 살까?

우선 사고 싶던 자동차부터 샀다

파워 핸들이 아닌 수동이라 너무 힘이 들어

1993년 이사 오면서 말했지만

무엇 하나 바꾸기 싫어하는

남편 때문에 2001년에야 차를 바꿨다

내 맘대로 산 첫 번째 차

주차장에 세워 놓고

보기만 해도 흐뭇한데

내가 먼저 몰고 나갈 수 없어

눈치만 보고 있다

남편이 먼저 운전을 하며 나가니 너무 좋다

지금까지 잘 다니는 내 차 소나타

고맙고 사랑스러운 자동차이다

가출

밥은 먹여 주겠다는 친구의 말에

용기를 얻어 가볍게 짐을 싸서

집을 나왔다

더 이상의 미련을 버리고 욕심이 없으니

꽃동네에 가서 봉사하며 살아도

된다는 결심으로 나왔다.

친구네서 삼일쯤 있다가 시험 보는

친구 아들이 걸려 부산 친구네로 갔다

결혼도 하지 않고 대학에서 행정실장으로

일하는 친구는 조카가

목사로 있는 교회의 장로이다

국민학교를 광천에서 다녔는데

십 리를 같이 걸어가며 참 친하게

지낸 친구다

해운대의 조선호텔 커피숍에서

많은 이야기를 했다

그 시절 이야기며 엄마들이 누룽지를 주면

가면서 먹으며 어렵게 산

우리의 어린 시절을 회상했다

그동안 살며 힘들고 어렵던

결혼생활 이야기는 했지만

차마 집을 나왔다는 말은 못 했다

그 친구가 출근하면 나 혼자 거제도

태종대로 여기저기 다니며 마음을 달랬다

매일 새벽 교회에 가서 왜 그리 눈물이

나는지 찬송도 눈물 기도도 눈물

참 많이 울었다

다시 서울에 와 친구 집에 갔더니

사촌 동생이 전화가 와서 잠실 롯데커피숍에서

만나자는 말에 나갔더니

남편이 와 있었다

나는 그 집에 별 필요가 없는 것 같아

며칠 더 기도원 가서

생각해 보고 필요한 사람이라는

생각이 들 때 가겠다고 하니

위에 있는 롯데호텔 방을 잡아

밤새도록 그동안 서운했던 이야기를 하니

좀 풀려서

아침에 집으로 왔다

집에 와 병이 나서 며칠을 앓아누웠다

사촌 동생이 장미 100송이를 보내주고

매일 영양주사를 놓아주어 일어나

일상으로 돌아왔다

그렇게 나의 가출은 끝이 났다

교통사고

예배 보고 집으로 오던 중

교차로에 대기하고 있는 앞차를 받았다

왜 그랬을까?

더구나 앞차가 장로님 차로

더욱 면목이 없다

큰 사고는 아니었지만 권사님이

충격으로 머리가 아프시니

병원에 다니시라 해도 나를 생각하시는지

참으시는 것 같아 면목이 없다

잠깐의 실수가 이런 불상사를

만들었으니 늘 조심하고 조심해야겠다

웅크린 작은 남자

내 옆에 웅크리고 누운 작은 남자

크고 단단하던 모습 간데없네

힘들고 고단한 일생을

홀로 견딘 당당하던 모습

애처롭게 바라보니 쓸쓸해지네

아들을 질투하는 그 마음

이해되지만 밉기도 한 모호한 감정

애썼다. 고맙다 말하고 싶지만

무슨 말로 위안을 주어야

젊은 날의 힘듦을 덜어줄지

감이 안 오네

대상포진

내 人生 최대의 복병을 만났다

처음에는 입이 돌아갔다

별로 걱정하진 않았다

시어머니도 다시 돌아오는 것을 보았으니

나도 곧 되돌아올 줄 알았는데

이것이 대상포진이 귀 뒤로 삼차 신경을 건드려서 오는

병이었으니 쉽게 돌아오지 않았다

처음의 증상은 귀가 아픈지 이가 아픈지

구별이 안 되게 많이 아파 병원에 가니

별로 나타나는 것이 없었다

3일 되는 날 입이 돌아갔다

침 맞고 병원에 갔다

3일 후쯤 귀 쪽에 물집이 잡혀

대상포진인 줄 알고

내과에 가서 치료하여 나았지만

입은 정말 오래 걸려 조금씩 돌아왔다

완전하지 않고 지금도 불편하다

한쪽의 눈이 안 감겨 반창고를

붙이고 자고 치아도 감각이 없으니

치아도 망가지고 먹기도 불편하니 말이 아니다

그래도 교회도 가고 시누이 아들

결혼식에도 갔다

누가 어떠냐고 물어보는 것이 제일 싫었다

모르는 척해주는 것이 배려라는 것을 느꼈다

지금도 왼쪽이 어둔하고 불편하다

죽을병이 아닌 것이 그나마 다행으로

생각하고 감사하게 생각한다

빨간색 포니

마이카시대가 도래할 때

제일 먼저 산 **빨간색 포니**

시대는 바야흐로 1988년

우리나라에서 올림픽이 열린다고

나라는 축제 한마당

마음은 부풀고 거리에는

올림픽 축하 깃발이 나부낄 때

우리는 운전면허를 막 따서

빨간 포니를 몰고

올림픽대로로 의기양양하게 나갔지만

마음속은 콩닥콩닥 무사히 집에

도착할 수 있을까? 걱정이다

아니나 다를까?

교차로에 대기한 택시를 들이받았다

그런데 나는 웃음이 나오니

택시 운전수가 아주머니는 무엇이 좋아

웃느냐는 말에 할 말이 없다

남편도 실수하는 사람이구나

나만 맨날 실수하여 주눅 들었는데

참 기분이 좋다

우리 차는 앞이 많이 상해 물이 흘러나오니

차는 공업사에 맡기고 왔다

접촉사고를 내면서 운전실력이 는다고 하니

앞으로 몇 번의 가벼운 접촉사고로

실력 있는 운전을 하여

여기저기 가보아야겠다

가까이하기에 너무 먼 당신

왜 내게 그리 무섭고 두렵게 하셨어요

좀 다정하게 따뜻하게 했으면

얼마나 좋았을까요

가까이하기엔

너무 먼 당신이라 생각하며

소통할 수 없는 벽이었으니

참 힘든 세월 살았습니다

53년 살고

이제 당신의 보호자가 되었습니다

어찌 돌볼지 걱정이 됩니다

남은 人生 잘 마무리하고 갑시다

아버지

사랑하는 이들을 위하여

무엇이 최선일까 늘 걱정하셨고

행복과 부유함보다

지혜와 가난의 미덕을 누리시며

새로운 것에 도전하며

배우는 자세로 사셨고

매사 만사형통을 믿으시며

안타까운 결과도 마다치 않고

행동하셨던 아버지

사랑합니다. 아버지

이제야 아버지를 이해합니다

아버지를 기리며

생전에 계실 때 가족과 집안 후손에 대한 사랑과 배려가 충만하셨던 아버지를 기리는 글(『여흥회보』 2002년 7월 25일 발행)이 있어 다시 아버지의 사랑을 새겨 보고자 옮겨 봅니다.

삼가 故 閔潤植 族祖의 명복을 빕니다

내가 故 윤식 족조를 알게를 알게 된 것은 대종중여흥회에서 일을 보기 시작한 2000년 5월 이후의 일이다. 고인께서는 여흥회의 상임위원 이사로 계셨던 관계로 있었지만 한 달이면 10여 차례 여흥회의 사무실로 오셨으며, 원래 박식하시고 정겨우신 분이라 정감 어린 이야기로부터 다방면의 깊이 있는 이야기들을 들려주시면서 격려해 주시고 위로해 주셨다. 여흥회 사무실로 광화문 네거리에 위치하며, 그 지리적 여건은 좋으나 건물의 6층에 위치하여 80여 계단을 오르내리는 것은 86세의 고령에게는 힘겨운 일인데 말입니다. 고인께서는 활동기에는 후학양성을 위하여 중·고등학교를 설립하시는 등 한평생을 교육일선에서 헌신하시어 세칭 민 교장으로 통하시던 분이다. 어찌 됐든 내가 존경하여 왔던 고인께서는 금년 들어 갑자기 뜸하시더니 병환 중이란 소식이 들리자 2002년 4월 22일 유명을 달리하셨다. 더욱이 감명 깊고 존경스러웠던 일은 유명을 달리하시면서 자제분에게 여흥회관 마련을 위한 성금 100만 원을 내야 하는데 70만 원을 아직 내지 못하였으니 나 대신 내 달라는 유언을 남기셨다고 한다. 그래서 70만 원을 전달해 왔다. 이 얼마나 감동적인 일입니까? 고인은 이 유언에서 종친회와 종친을 사랑하시는 마음, 신의를 중히 여기시는 신념을 가르쳐 주셨다. 이 밖에 우리 범인이 감히 상상할 수 없는 깊고 성스러운 뜻을 그 유명을 달리하시던 순간까지 우리에게 남겨 주고 싶었으리라. 나는 고인이 평소 보여 주시던 정감 어리시고 자상하시던 모습을 가슴 깊이 간직하면서 삼가 고임의 명복을 우리 모든 종친과 함께 빌고 또 빌고 싶다. 고이 잠드소서.

족손 현기 합장

2부

빛으로 왔다가 빛으로 가다

샛별 모임

아들 유치원 엄마들이 모여

45년을 만나니 참 좋다

호주로 미국으로 하늘나라로

간 사람도 있지만

몇 사람 모여 점심 먹고

영화 보고 이야기하는 모임

언제나 흉허물없이

지내는 것이 참 좋다

지금은 카톡으로 워싱턴 시드니

연결되어 참 좋은 세상인 것을 실감하네

아들들은 안 만나지만 엄마들이 만나서

어찌 사는지 이젠 늙어서

오십 넘은 아들들 소식을 전하네

박 준

사랑은 세상에 나만큼 귀한

사람이 있다는 사실을

서로 배우는 일이었습니다

83년생 박준 시인

늦은 밤 떠올리는 생각들의

대부분은 나를 곧 떠날 준비를

하고 있었다

그해 너의 앞에 서면 말이 잘 나오지 않았다

내 입속에서 내가 넘어져 있었기 때문이었다

사람에게 미움받고

시간에게 용서받았던 시간

동창

대학 졸업 후 지금까지 만나는 귀한 친구들

방 한 칸에 전화도 없이 시작했으나

이만하면 잘 산 것 같다

아이들 어려서는 수영장으로 놀러 다니고

대학 보내고 장가보내니

할 일 다 하고 지금이 좋다

환갑에 장가계로 여행을 다녀온 후

두 친구가 남편을 암으로 잃었다

매달 만나 소소한 일상을 나누며

즐겁게 한세상 살다 가기를 바랄 뿐이다

우울증

이곳 일산으로 이사 와서 앞집과 사이좋게 살았다

맛있는 것 나누며 함께 산책하고

남편 흉보며 시간 가는 줄 모르게 하루하루 지냈다

10년 살고 2003년 1월에 이사 가고

2월에 딸을 시집보내니

허전한 마음 어디 의지할 곳이 없네

몸이 아프기 시작하는데

누워서 식욕도 없고 의욕도 없네

세 사위 밥도 해주어야 하는데

내 밥도 못 해 먹으니 의사라도

해줄 것이 없네

동생이 보다 못해 기 치료하는 곳을

데려가니 하나님이 많이

사랑하는 딸이라는 말로 위로를 받네

일산병원 정신과 진료를 받으니

우울증 일종의 화병이라네

처방해주는 약을 먹으니 잠도 자고 먹기도 하여

기운을 차리고 살 것 같다

삶의 의지가 없다면 얼마나 힘들지

자살하는 사람의 마음을

이해하게 되었다

김장

김장 시장에 갔네

산처럼 쌓여 있는 무 배추를 사서

리어카에 싣고

마당에 풀어 놓으니 걱정이네

내가 이 많은 걸 해야 하니….

소금에 절이고 새벽에 일어나

한옥 마당에서 씻고 양념하여

큰 독에 두 독을 했네

장독대 밑 김치 광에 넣으니

마음은 뿌듯

알맞게 익고 추워져야 하는데

이게 웬일 어느 날 일어나 보니

부글부글 김치 물이 흘러넘치네

난감하고 속상하고

밤에 잠이 안 오네

어찌해야 하나?

한꺼번에 먹을 수도 없고

지금이라면 김치냉장고에 넣었을 테지만

참 어려운 세월 잘 견딘 거야

우리 모두

딱하다

먹을 것이 없어 굶는 것도 딱하지만

먹을 것을 앞에 두고도

이가 없어 못 먹는 사람은 더 딱하다

짝없이 혼자 사는 사람은 딱하지만

짝을 두고도

정 없이 사는 사람은 더 딱하다

오늘 내가 사는 세상은 서성이다

가는 것인데

내 어찌 미워할 수 있는가?

가을 하늘

푸른 하늘

바다 같다

깊고 넓은 푸른 바다

풍덩 빠지고 싶다

빛으로 왔다가 빛으로 가다

누구나 세상에 태어나 한 세상

살다가 저세상으로 간다

빛으로 왔다가 빛으로 가고 싶다

아무 이유 없이 살다가 흔적 없이

가는 것이 아니라 조그만 빛이라도 남기며

人生은 상대평가에 의한 선발 고사가 아니라

절대평가에 따른 자격 고사라 생각한다

일렬로 줄 세우기가 아니다

각자 빛나며 떳떳한 人生이면 된다

누구나 한 번뿐인 人生 귀하게 살아야 한다

특히 남에게 도움이 되는 사람이고 싶다

내가 좋아하는 미국의 사상가

랠프 월도 에머슨은 성공은 무엇이든

자신이 태어나기 전보다 조금이라도

나은 세상을 만들어 놓고 가는 것

이것이 바로 성공이다

거창한 것 바라지 말고 내가 할 수 있는

조그만 것이라도 실천하며

살다가 떠나고 싶다

요즈음 세상

새로운 것을 자꾸 만드는 세상

소비가 王이라는 말로

우리를 유혹하는 광고에

마음이 흔들리지만

새 곳이나 새 물건을

낯설어하는 나는

낡은 것이 주는 편안함을

사랑합니다

그냥 산다

왜라는 말에 그냥 이라 답한다

모든 것에 이유가 있는 것은 아니다

그냥 거기 있고 그냥 하는 말이다

우리가 사는 것도

그냥 사는 것이 아닐까?

사노라면 이유가 생기겠지….

새봄에 사회로 내던져질 청춘들에게

움츠리고 있을 새싹들아,

곧 일어나 한꺼번에 울릴

너희들의 함성이 들리는구나!

이제 너희들의 기상과 희망이

꺾이지는 않을 것이다

불안하고 희망찬

청춘의 모습

그대들의 앞날을 축복한다

걸어서 세계 속으로

앉아서 가보지 못한 지구 곳곳으로

데려다주는 이 프로가 좋다

내가 여행을 간들 이렇게 좋은 곳을

세세히 볼 수 있을까?

가고 싶은 마음

언젠가 가보리라

다짐하지만 가능할지?

여행만큼 나를 설레게 하는 것은 없다

추억으로 산다는 노후를 위해서도

젊어서 열심히 여행 다니며

좋은 추억을 만들어야 할 것이다

설렘

우리가 살면서
몇 번이나 설렘을 맛보며 살까?
이 말만큼 가슴 뛰고
아련한 그리움을
불러오는 말이 또 있을까?
소풍 가기 전날의 설렘
데이트 전날 무엇을 입을까?
무슨 말을 할까?
좋은 사람일까?
설레며 기다리는 마음
어른이 되어서 설렘을 잃어버린 것
같아 안타깝다
지금 시를 쓰며 설렘을 불러본다
다시 내게 와 주렴
가슴 뛰는 설렘아….

새해 다짐

79세가 되는 새해 아침

설레는 마음으로 다짐한다

2022년을 어떻게 보내면

보람 있을까?

우선 시집 『마음은 나의 것』 2부를 낼 예정이다

건강을 챙겨 운동도 하고 산책도 하고

긍정적인 생각으로 세상을

따뜻하게 보고 싶다

좋은 일도 하고 지구를 살리는데

조금의 힘이라도 보태고 싶다

올해 선거도 있으니 좋은 대통령 뽑아

대한민국의 위상을 높여 봅시다

눈 내리는 날의 산책

걷기모임 3인방이 모여

곡산역까지 걷기 시작한다

공원에서 고슴도치와 무당벌레의 만남

조형물이지만 반갑다

운동기구에서 운동을 하는데

눈까지 내리니 참으로 기분 좋다

좋은 사람과 좋은 동네

일산이 너무 좋다

시 모임

우리가 시로 쓰는 자서전이라는

수업을 마치고 다시 모였다

반가운 얼굴 오랜만에 보니 좋다

취미가 비슷한 친구들

어디 가서 이런 귀한 친구를

만날 수 있을까?

감성을 잃지 않게 노력해서

시인이 되어 이름을 날려보자

야무진 꿈 이루려나!

목사님의 축복기도

동생이 아이들 학교 때문에

일산으로 이사를 했다

큰 평수가 전세가 더 싸서 50평이나 되는

집으로 이사를 왔는데

나는 앞으로 더 작은 데 가야 하니

짐을 늘리지 말라고 했다

이삿날 목사님이 오셔서 이런 집 사게

해 달라고 축복기도를 하시는데

참 가망 없는 이야기라 생각하며

어째 그런 기도를 하시나 의아했다

둘 다 시간강사로 언제 돈을 모아

집을 살 수 있을지 가망 없다 생각했는데

몇 년 후 그만한 집을 두 채나 샀으니

이것이 하나님의 축복이 아니면 무엇이랴

둘이 다 교회 열심히 나가

제부는 문화원 영어 선생으로

동생은 성가대로 섬겼다

하나님이 예쁘게 보셨음이 확실하다

그 가정에 임하신 하나님

감사합니다

황해국 목사님

93년 이사 와서 교회에 나가기 시작할 때

우리 교회도 막 시작하는 교회였다

장로교로 창립 예배부터 다니기 시작했다

아들과 함께 다니며

전도도 나가고 교회와 성장을 함께했다

황해국 목사님 참 존경하는 목사님

사심 없이 열심히 하나님을 섬기는 모습이

우리의 표상이시다

지주막하 출혈로 병원에 계실 때

우리 모두 릴레이 기도로 간구하니

무사히 건강을 되찾으셨다

올해 장신대 신학교 총장으로

부임하시게 되어 축하드려야 할 텐데

인간인지라 서운한 마음

금할 길이 없다

하나님 하시는 일 더 좋은 길로

인도하시리라 믿는다

축복합니다. 목사님

로맨티시스트 송 교수님

걷기모임 5인방 중 유일한 남자

우리를 여자로 보아 주고

듣기 좋은 말로 위로해 주고

추켜세우니 누가 싫어할까?

어느 모임에서나 인기가

많다고 하니 참 보배시다

소년 같은 장난기 손이라도 잡아

보자는 말에 수줍게 응해 본다

건강도 챙기고 기분도 좋아지니

일거양득

오래도록 만나는 모임 되기 바란다

중간 점검

황혼에 들어 생각해 보니

人生을 다시 산다면 40세쯤

중간 점검을 해보고 싶다

내가 좋아하는 것 잘할 수 있는 것을

찾아서 나를 위한 나만의 시간을

만들고 싶다

여유, 낭만, 여행 내가 좋아하는 것이다

무엇에 쫓기듯 사는 人生이 아니라

즐기며 사색하며

주위 사람들과 행복한 人生을

살고 싶다

지도 밖으로 행군하라

걸어서 지구 세 바퀴를 쓴 한비야

참 씩씩하고 건강한 여자

나도 젊었으면 이렇게 살고 싶다

월드비전에서 난민 돕는 일을 하며

쓴 책이다

아프가니스탄에서 긴급구호 활동하며

어려운 사람 돕는 그 모습

지금의 아프가니스탄을 떠올리며

국민들이 얼마나 고생할까?

전쟁을 겪은 우리는 내 일처럼

안타깝다

20년간 미국이 200조를 원조하고

군인을 보내 싸웠지만

국민들이 끝까지 싸워 이기겠다는

의지가 없다면 무슨 소용이람

언제 다시 전쟁이 올지 모르는

우리는 정신 똑바로 차리고

지금의 평화가 오래가도록 하자

봄 마중

둘레길에 봄이 왔네

움츠린 겨울을 떨치고

새싹을 준비하는 너의 모습

새색시처럼 수줍지만

곱기도 하네

내 안의 가치

나의 가치는 무엇에서 나올까?

나는 나로 살기로 하고

욕망을 누르며 겸손히 살기로 했다

이것이 잘한 일일까?

하고 싶은 것이 무엇인지

잃어버린 것 같아 억울하다

지금부터 나의 가치를 높이며

찾아보면 잘할 수 있는 재능을

찾을 수 있을까?

자신 없지만 첫발을

떼어 놓는다

나의 초상화

나는 나를 그리고 있어요

나는 어떻게 생겼을까?

익숙한 나의 모습 뒤에

낯선 민자도 살고 있어요

나의 일상은 자칫 지루해 보여도

민자 씨는 아주 재미있는

사람일 수도 있어요

조용하지만 지루한 것 싫어하고

낯선 곳 새로운 음식

탐험을 좋아해요

가슴 뛰는 여행 생각만 해도 행복해요

나는 우리가 편히 쉴 수 있는 집이지만

민자 씨는 집이 아니고

싶을 때도 있어요

*그림책『엄마의 초상화』를 읽고

상쾌한 아침

밝은 아침

햇살 좋은 거실에 혼자 앉아

행복한 하루를 약속한다

밤새 온 카톡을 열어보고

나의 이웃이 참 소중하다고

생각합니다

오늘이 있으니

지금을 잘 살아야지

다짐해 본다

홀로 설 수 있는 사람

걸음마를 시작하며 수없이

넘어지다 홀로 섰을 때의 기쁨

남에게 도움받지 않고

내가 스스로 이루었다는 성취감

삶에서 늘 넘어지지만

설 수 있다는 희망이 있다

홀로 설 수 있어야 한다

홀로 견디어야 한다

내가 나로 살려면

홀로 잘 서야 한다

울진 산불

봄마다 크고 작은 산불이 나지만

2022년 3월 4일부터 3월 13일까지 난

울진의 산불은 너무 크다

32,906개의 축구장을 태웠다니

상상이 안 된다

자연을 복원하기도 쉽지 않다

나무가 하루아침에 자라는 것도 아니고

또 산에 사는 많은 생명은

또 어쩐다냐

집을 잃은 이재민들은

또 얼마나 가슴이 아플까

우리 모두 자연을 귀히 여기며

조심 또 조심하며 살자

박 열

참 매력 있는 남자다

일본 법정에서 당당히 한 말

나는 영원한 승리자다

동지와 연인으로 만난

일본 여자 가네코 후미코

일본인 변호사 후세 다츠시

모두 건국 훈장 받은 존경할 만하다

22년 2개월을 감옥에서 보내고

나중에 아들도 나라에 바치라 하여

군인으로 산 아들

이런 선조들의 노력으로

우리가 독립하여 잘살고 있다

머리 숙여 '감사합니다'

칼자루는 내가 쥐었다

만세

내가 칼자루를 쥔 장수가 된 기분

의사가 내게 한 말이다

용기가 났다

항상 내 주장보다 주위 사정에

맞추어 나를 나타내지 않고 살았는데

그래 내 인생 내가 사는 거야

씩씩하고 당당하게 나서는 거야

한번 해보자

이범학의 화목한 초대

행복하고 신기한 하루

내가 방송에 나오다니

가수 이범학 씨가 하는 화목한 초대에

시 다듬이 회원 세 명이 출연했다

음악도 듣고 시도 읽어주고

또 그동안 살아온 이야기를 하며

좋은 경험을 했다

출연료도 5만 원 받았으니

이 돈으로 회원 모두 점심 식사

하기로 했다

오래 살고 볼 일이다

앞으로의 내 인생이 기대된다

보홀 합창제

고양 시민합창단원으로 7년 정도 되었다

1년에 한 번씩 아람음악당에서 공연하였는데

2017년에 필리핀에서 개최되는 합창제에

고양 시민합창단원 33명이 참가하게 되었다

큰맘 먹고 함께 비행기 타고

필리핀 보홀에 가니 시골 작은 도시이다

여럿이 호텔에서 수학여행 온 기분으로 즐거웠다

참가팀의 수준이 꽤 높아

우리는 2등을 하고 지휘자 상을 받았다

몇 번은 성당에서 공연도 하고

일상에서 벗어나

한복을 입고 시가행진도 하였다

우리가 살면서 이런 추억을 만들다니

참석하기 잘했다

코로나

2년 3개월 만에 경로당을 열었다

마스크도 실외에선 안 써도 된다

오랜만에 얻은 자유

무슨 이런 병이 생겨 온 세상을

뒤집어 놓았으니 참 난감하다

사람을 만나지 못하게 하니

모임도 못 하고 여행도 못 했다

사람들과 소통하고 함께 즐기며

사는 것이 얼마나 큰 행복인지

일상의 소중함을 새삼 느꼈다.

엄마 된 날

추천의 글

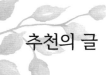

추천의 글

시로 그린 人生 歷程

민자 님의 시를 읽으면 누구나 생의 긴 여운(餘韻)에 젖는다.

한평생 살아온 자기 인생의 역정(歷程) 속에서 가졌던 사랑과 고뇌, 느끼고 체험한 삶의 애환을 과장 없이 밝고 유머러스하게 그려내고 있기 때문이다.

그리고 이들 시를 통해서 뿜어지는 그녀의 체취는 저 산야에 풍기는 들꽃의 향기—더불어 은은한 사랑이다.

민자 님은 「결혼 50주년」이란 시에서 이렇게 말한다.

중매로 만나 9월에 약혼하고

다음 해 3월에 결혼을 해 50년

많이 참고 잘 견딘 거야

그렇다. 인생살이란 민자 님의 말 그대로 "많이 참고 잘 견디는 데" 있다.

민자 님의 많은 시편들 속에서 '사랑'이란 말은 아무리 찾아도 보이지 않는다. 그러나 시를 읽고 음미하다 보면 어딘가 내 마음 속에서 민자 님의 깊은 사랑이 느껴져 온다.

참고 견디며 남편을 사랑하고, 가족을 보듬어 집안을 가꾸어 온 그녀 인생의 완숙한 달관의 경지가 사랑으로 승화되어 오기 때문일 것이다.

긴 생애의 고비 고비를 큰 허물없이 극복해 온 민자 님의 굳센 의지와 타오르는 열정, 생명력 또한 여기 시 속에 담겨있다.

철학박사 송재운

추천의 글

    살아 있다 해서 깨어있는 것이 아니라 그녀 자신이 깨어있기 때문에 삶의 톱니바퀴가 돌고 있습니다. 삶의 긴 여정을 일상적인 담백한 언어로 담담하게 표현하고 있어 큰 울림을 줍니다. 그 잔잔한 언어들이 심장에 내리꽂는 힘이 강렬하고 은은하여 오랫동안 기억하게 하는 힘이 있습니다. 그것의 힘이 무엇일까? 생각을 하니 바로 어머니가 가진 여인의 힘이 아닐까 생각이 듭니다. 형제들에게는 든든한 맏이로, 한 남자에게는 후원자이자 사랑스러운 동반자였을 그녀의 삶이 어느 한 부분 고단하지 않고, 아름답지 않았던 적이 없었던 것처럼 노년의 삶도 시를 쓰며 아름답게 빛나고 있는 시인 민자 님을 응원합니다.

아람시다듬이 회원 양경화